Le papillon du bout du monde

ENQUÊTES AU MUSÉUM

Le papillon du bout du monde

Laurence Talairach
Illustré par Titwane

Pour Sylvain,
En te souhaitant une bonne lecture !

plume de carotte

— Chapitre 1 —

VOL DE NUIT

Zoé était allongée dans l'herbe les yeux grands ouverts, à l'affût du moindre mouvement. Quelques brins lui chatouillaient les narines, mais elle ne bougeait pas d'un cil, attendant l'événement avec impatience. Le suspense était intenable. Elle savait que, d'un instant à l'autre, le paysage se métamorphoserait sous ses yeux, comme d'un coup de baguette magique. À l'horizon, quelques rayons de soleil commencèrent à percer.

Elle avait traversé la jungle tropicale hostile de l'île de Bacan, un petit archipel indonésien, son appareil photo autour du cou, avec pour seul bagage un modeste sac à dos contenant une trousse de survie, une gourde et quelques fruits secs. Le voyage n'avait pas été de tout repos et son passage à travers la jungle lui avait valu bien des frayeurs, du serpent venimeux qui avait glissé juste sous ses pieds aux araignées de diverses tailles et couleurs qui avaient tissé leurs toiles sur son chemin. Mais elle avait fini par arriver à l'endroit qu'elle cherchait, dans une clairière où les mussaendas, des arbustes à petites fleurs jaunes, avaient poussé à profusion.

L'expédition avait pour but de suivre les pas d'un des plus grands naturalistes britanniques, Alfred Russel Wallace, pour aller observer les papillons géants qui l'avaient rendu fou de joie un jour de 1859, lorsque, dans une clairière de la petite île indonésienne, ses yeux avaient croisé les ailes orange et noir d'un papillon de près de 20 centimètres d'envergure. C'était le souffle coupé que Wallace avait attrapé la créature dans son filet à papillons pour ensuite rapporter au monde entier sa découverte.

Zoé n'avait pas l'intention de capturer une espèce aujourd'hui protégée, mais elle savait qu'en se postant au lever du soleil juste au pied des arbustes à fleurs jaunes dont les *Troides croesus* raffolaient, elle pourrait dévorer des yeux ces célèbres papillons. Le soleil pointait le bout de son nez, laissant l'horizon rougeoyer sous ses rayons. Tout n'était plus qu'une question de secondes maintenant...

Elle entendit au loin un paradisier corvin, un oiseau dont le cri ressemble étrangement à celui d'un chien enroué. Elle se tourna sans faire de bruit pour voir si elle apercevait son plumage sombre au-dessus des arbres. Il n'y avait pas le moindre mouvement autour d'elle. L'île avait l'air paisible, comme paralysée par un profond sommeil. Tout à coup, elle perçut un petit battement d'ailes. Un, puis deux, puis dix, puis pas moins de cent papillons géants aux ailes noir et orange flamboyant arrivaient tout droit dans sa direction.

Zoé saisit son appareil photo pour se tenir prête à les capturer dans sa boîte. Mais surprise par l'arrivée en nombre de tant de spécimens, elle ne savait plus où donner de la tête et encore moins où diriger son objectif. Elle se tourna à droite, puis à gauche, roula sur le côté. Les papillons tourbillonnaient autour d'elle, de plus en plus grands et de plus en plus menaçants, l'empêchant d'appuyer sur le déclencheur. Zoé sentit un frisson lui parcourir le dos. Le plus gros de tous se posa sur le bout de son objectif et se mit à la regarder droit dans les yeux en battant des ailes de façon agressive. Zoé ne broncha pas. Puis elle entendit un autre papillon qui venait de se poser sur son épaule lui souffler quelque chose à l'oreille.

Elle tourna la tête pour comprendre ce qui se passait. Au moment où elle crut voir la trompe du papillon se dérouler et s'allonger dans sa direction comme pour l'aspirer, elle se réveilla en sursaut dans son lit, la lumière du soleil éclairant la chambre dont elle avait oublié de fermer les volets et son radio-réveil bourdonnant, coincé sous une pile de livres et un pull abandonné sur la table de nuit.

« Alors ça ! Pour un drôle de rêve, c'était un drôle de rêve ! se dit Zoé, songeuse.

Il y a des façons bien plus douces de se réveiller le matin ! »

Elle se repassa les images de papillons géants quelques instants dans sa tête, frémissant à nouveau au souvenir de ces grosses bestioles tourbillonnant au-dessus d'elle. En quelques secondes à peine, elle était repartie sur l'île aux papillons géants. Elle ouvrit grand les yeux. Tous les papillons s'étaient enfuis. Elle chercha du regard une trace de leurs ailes orange et dorées à l'horizon. Il n'y en avait plus aucun. Elle resta immobile un moment sans vraiment savoir quoi faire maintenant, son appareil photo toujours autour du cou. Le radio-réveil se mit à sonner de nouveau et la tira de son sommeil une seconde fois.

« C'est bon, c'est bon, je me lève…, lança-t-elle au radio-réveil. J'ai bien compris que je ne vivais pas sur une île déserte et qu'il fallait s'habiller pour partir à l'école… », continua-t-elle en bougonnant et en enfilant la première jambe de son pantalon, abandonnant pour la journée son île déserte, sa jungle tropicale, ses mussaendas et toutes les bestioles qu'elle n'avait pas eu le temps de rencontrer au cours de son aventure.

Mais tandis que sa tête passait au travers du col de son pull en laine, une idée se mit à germer dans son esprit. « Et si..., se dit-elle, et si je proposais à Alice et Clarence de faire un petit tour à la serre aux papillons ce soir ? Nous pourrions sûrement voir plein d'autres espèces en liberté ! En plus, nous n'aurions pas besoin de faire le tour du globe pour rencontrer les espèces les plus exotiques ! »

Convaincue de sa bonne idée, Zoé attrapa en vitesse son cartable et descendit quatre à quatre les marches de la maison de sa vieille tante pour atteindre au plus vite la cuisine. Elle engloutit un bol de chocolat au lait qu'elle ne prit même pas la peine de faire chauffer, se découpa une tranche de pain pour se caler l'estomac et traversa le jardin à vive allure pour ne pas perdre une seule seconde. Elle arriverait sans doute à l'école avant ses amis. Mais cela lui laisserait un peu de temps pour élaborer un plan pour la nuit prochaine.

— Chapitre 2 —

LE PACIFIQUE À PORTÉE DE MAIN

En arrivant à quelques mètres du portail de l'école, Zoé se repassa le film des événements tumultueux de sa nuit. Parmi les choses qu'elle adorait, figuraient en première place tous les mystères de l'histoire naturelle qu'elle n'avait pas encore démêlés. Et il lui en restait un sacré nombre. Car Zoé, même férue de sciences naturelles, avait encore des pages et des pages de leçons de choses à découvrir et autant de spécimens à dévorer des yeux, en plein air comme dans les musées, qu'elle arpentait à longueur d'année.

Zoé avait une raison bien précise de vouloir en savoir un peu plus sur les papillons géants de l'île de Bacan. Cette île, où le célèbre naturaliste anglais Alfred Russel Wallace avait fait sa merveilleuse découverte, faisait partie de l'archipel des Moluques, en Indonésie. Or il n'avait pas échappé à Zoé que la mer des Moluques était située dans l'océan Pacifique, non loin de l'endroit où ses parents, tous deux ornithologues, avaient été aperçus il y a bien longtemps, avant de disparaître mystérieusement sans que personne sache exactement où. La jeune fille, élevée par sa tante depuis qu'elle était toute petite, ne ratait donc jamais une occasion de se renseigner davantage sur tout ce qui provenait de la région où ses parents avaient été vus pour la dernière fois. Même si les papillons n'étaient pas des oiseaux, ils avaient néanmoins des ailes, ce qui ajoutait à l'intérêt que Zoé portait aux espèces de cette vaste zone géographique.

« Et si…, se disait souvent Zoé, si une espèce pouvait me mettre sur la piste de mes parents ? Je finirai bien par trouver un indice, un tout petit indice qui me permettra de remonter tout le fil de l'intrigue et de les retrouver enfin... »

Elle s'imaginait alors sauter à nouveau dans les bras de ses parents, en pleine forme au milieu d'une végétation touffue. Dans toutes les situations qu'elle avait imaginées, ils semblaient toujours patiemment attendre qu'elle vienne les délivrer d'une tribu d'orangs-outangs ou autres animaux épris d'êtres humains. La jeune fille, à mille lieues du Pacifique, était bien optimiste. Mais au moins, en apprenant un peu plus sur les espèces naturelles qui avaient tant passionné ses parents, Zoé se sentait chaque jour un peu plus proche d'eux. En attendant, elle se contentait de vivre avec sa vieille tante, bon gré mal gré, et s'amusait bien souvent à quitter la maison ni vu ni connu, pendant que la dame âgée roupillait de jour comme de nuit sur son fauteuil à oreilles en velours.

« C'est pour la bonne cause ! » se disait-elle toujours en refermant la porte derrière elle lors de ses escapades nocturnes.

Ce matin-là, Zoé s'était tellement pressée pour arriver au plus vite à l'école qu'elle se retrouva toute seule devant le portail d'entrée, plusieurs dizaines de minutes avant la première sonnerie.

« Mais que font-ils donc ? » pestait-elle entre ses lèvres.

Il y avait bien quelques élèves qui commençaient à s'amasser sur le parking de l'établissement, mais toujours pas d'Alice ni de Clarence.

« Il ne manquerait plus qu'ils soient malades aujourd'hui... »

Elle commença à trépigner d'impatience. Après plusieurs longues minutes, elle finit par s'asseoir sur le trottoir et se remémora une à une toutes les scènes de son étrange rêve. Son aventure sur un archipel indonésien était certainement liée au livre qu'elle avait lu la veille, juste avant de s'endormir. L'ouvrage était en fait le récit de l'explorateur Alfred Russel Wallace lors de ses années passées à étudier les espèces sur l'archipel malais. Elle l'avait trouvé dans un coin de la bibliothèque de sa tante – il avait certainement appartenu à ses parents. Wallace y décrivait les oiseaux du paradis, une espèce précieuse pour les ornithologues. En tout cas, c'est ce qu'elle s'était dit en en feuilletant les pages. Sinon, qu'aurait fait ce livre dans la bibliothèque ? Peut-être ses parents avaient-ils prévu de faire un tour par les îles indonésiennes ?

Zoé était tellement plongée dans ses pensées qu'elle ne se rendit même pas compte qu'Alice et Clarence étaient enfin arrivés. Sa meilleure amie lui donna une petite tape sur l'épaule en guise de « bonjour ». Surprise, Zoé sursauta.

« Oh, tu m'as fait peur ! Je me demandais justement ce que vous faisiez. Vous arrivez bien tard !

– Pas plus que d'habitude… Tu es tombée du lit ou quoi ?

– Euh… on peut dire ça comme ça. Le réveil m'a tirée d'un rêve étrange et je me suis dépêchée d'arriver à l'école pour vous en parler…

– Du rêve ? Tu te dépêches de venir à l'école pour nous raconter un rêve ? J'y crois pas, tu es aussi tombée sur la tête alors ?

– Mais non ! Qu'importe mon rêve, d'ailleurs. C'est juste que ça m'a donné une idée et je voulais vous en parler. »

Clarence, qui n'avait pas dit mot jusque-là, avança de quelques pas.

« Encore une de tes idées à la noix, je parie ? »

Alice reprit aussitôt son petit frère.

« Clarence, surveille un peu ton langage, tu veux ? Si Zoé est tombée du lit, toi, tu t'es manifestement levé du pied gauche !

– Mmmm..., bougonna-t-il. Elle va encore nous proposer un truc pas franchement autorisé... La dernière fois, c'était moins une. On a bien failli se faire prendre. Et je n'ai aucune envie de me retrouver puni !

– Non, Clarence, ne t'inquiète pas. Ce coup-ci, ce sera sans risque. J'ai déjà tout prévu ! répondit Zoé sans attendre.

– Ah, tu vois, Alice ! Qu'est-ce que je disais...

– Je te pensais un peu plus aventureux », répliqua Zoé, feignant un ton dédaigneux pour être sûre de faire réagir le petit garçon.

Elle attendit quelques secondes avant d'ajouter une phrase qui ne pouvait que le faire changer d'avis.

« De toute façon, ce n'est pas bien grave si tu ne veux pas nous accompagner, Clarence. On peut très bien y aller sans toi. Nous n'avons pas peur, nous... »

Là, évidemment, c'en était trop pour Clarence. Il ne manquait plus qu'il passe pour une mauviette face aux filles.

« Ce n'est pas ce que j'ai dit, d'abord.

– Ah bon ? Et qu'as-tu dit alors ?

– Que...

– Que quoi ?

– Que... que je ne voulais pas être puni, c'est tout. Alors il faut que le plan soit parfait – *perfecto* –, sans le moindre risque de se faire attraper. Si tu crois que j'ai peur de jouer l'aventurier... »

Clarence avait empli ses poumons d'air et se tenait droit comme un « i », épaules en arrière et sourcils relevés, d'un air de défiance. Il épousseta du bout du doigt une poussière invisible sur le col de sa chemise.

Zoé réprima un sourire. Elle savait à tous les coups le convaincre de les suivre. Car, en vérité, les deux amies ne pouvaient pas vraiment se permettre de laisser Clarence derrière elles à la maison. S'il ne venait pas, le jeune garçon risquait bien de tout avouer à ses parents sur les sorties de sa sœur. Et là, ce serait beaucoup moins amusant pour Zoé et Alice.

Alice fit discrètement un clin d'œil à son amie.

« Allez, annonce la destination, Zoé. Nous sommes tous les deux suspendus à tes lèvres...

– Une serre...

– Pouah ! Encore des plantes ? lâcha Clarence. Je vais finir par me transformer en vache ! Tout ça pour aller voir des pâquerettes, hein ? T'as rien trouvé de mieux comme idée, franchement ? Non, décidément, aucune envie de brouter ce soir...

– Non, Clarence. Ce n'est pas vraiment une serre végétale.

– Ben qu'est-ce que tu mets dans une serre, toi, alors ?

– C'est une serre aux papillons...

– Aux papillons ? Ils font pousser les papillons sous serre ? »

Zoé éclata de rire à la remarque du jeune garçon. La farce était trop tentante.

« Bien sûr que oui ! Ils les arrosent même trois fois par jour. C'est pour ça que les papillons deviennent géants. En plus, Clarence, ils mettent des colorants dans l'eau, ce qui donne à leurs ailes tout un tas de couleurs différentes, jamais vues ailleurs.

– Zoé, arrête de le faire marcher..., coupa Alice.

– Oh, parce que tu ne me crois pas, toi ? »

Alice haussa les épaules en guise de réponse. Clarence, quant à lui, attendait impatiemment la confirmation de l'histoire des papillons qui poussaient sous serre. Il se mit à imaginer les créatures collées à des tuteurs sur des mètres de hauteur, un jardinier passant régulièrement entre les rangées de papillons tous les matins pour leur tailler les ailes.

« Si vous ne me croyez pas, il va falloir me suivre pour le voir de vos propres yeux.

Rendez-vous ce soir à la tombée de la nuit. Je passe vous chercher dès 21 heures. C'est entendu ? »

Alice n'eut le temps que de faire un signe de tête pour signifier son accord. La seconde sonnerie du matin venait de retentir et il fallait vite se mettre en rang deux par deux en silence dans la cour, pour ne pas se faire gronder par les maîtresses. L'aventure devrait attendre la fin de l'école. Il allait donc falloir s'armer de patience car la journée serait sûrement très longue.

— Chapitre 3 —

LEÇON DE CAMOUFLAGE

Zoé n'avait pas une seconde de retard. Les cloches de l'église du quartier sonnaient 21 heures lorsqu'elle lança un premier petit caillou à la fenêtre d'Alice. La lumière était éteinte dans la chambre de son amie. Cette dernière s'était peut-être endormie ? Il était impossible qu'elle ait oublié le rendez-vous. Quelque chose était-il arrivé ? Zoé n'eut pas le temps de commencer la liste de tout ce qui avait pu arriver à ses amis qu'Alice et Clarence apparaissaient sur le trottoir devant l'immeuble, prêts à l'action.

« Ça alors ! Mais comment avez-vous fait pour descendre aussi vite ?

– Je n'ai pas pu tenir Clarence en place. Il s'est trémoussé pendant tout le repas et j'ai bien cru que les parents allaient se douter de quelque chose. On est prêts depuis longtemps. On est sortis par derrière juste après avoir éteint nos lumières pour la nuit. Ça fait cinq minutes qu'on t'attend à côté du local à vélos pour ne pas nous faire remarquer. On dirait que Clarence a hâte de voir les pousses de papillons qu'on arrose de colorants...

– Super ! Il ne va pas être déçu du voyage, alors ! Allons-y sans traîner. Il faut une bonne demi-heure de marche pour atteindre les serres. »

Le frère d'Alice ne répondit rien. À sa mine, Zoé eut tout à coup l'impression qu'il lui cachait quelque chose. Elle espéra que le petit bonhomme n'avait pas prévu de leur jouer un tour. L'aventure était lancée et il était maintenant trop tard pour changer d'avis. Zoé ouvrit donc la marche en direction de la sortie de la ville. Alice et Clarence suivirent à la queue leu leu, tâchant de rester dans la pénombre pour ne pas se faire repérer par les automobilistes qui sillonnaient encore la ville. De temps à autre, Clarence tapotait la poche de son blouson d'une main. Celui-ci était plus gonflé que d'habitude, comme s'il avait fourré un objet inhabituel à l'intérieur. Alice s'en rendit compte alors qu'ils venaient de quitter les dernières rues de leur quartier.

« Tu as mis Archibald dans ta poche, Clarence ? »

Archibald était le chinchilla de son frère, un petit rongeur bien sympathique qui dormait toute la journée et ne s'activait qu'à la nuit tombée. Clarence le prenait toujours avec lui lors de leurs expéditions nocturnes.

« Euh... oui, oui...

– Tu lui as enfilé un manteau ou quoi ? On dirait qu'il a triplé de volume !

– Euh... non, non..., répondit Clarence en tapotant une nouvelle fois sa poche. Il n'a pas pris un gramme... Hein, Archi ? »

Alice aperçut le bout du museau du chinchilla qui remuait en guise de réponse.

Effectivement, il avait sa taille habituelle. Elle soupira et continua à se demander ce que son petit frère était en train de préparer, l'air de rien. Zoé, quant à elle, avait oublié la mine coupable du garçon quelques instants auparavant et traçait loin devant pour atteindre son but dans les meilleurs délais.

Il y avait quelques mois de cela, la ville avait fait installer sur un terrain jusqu'alors inoccupé une serre aux papillons, où l'on pouvait se promener au milieu des insectes. Il n'y avait pas que des papillons sous les grandes toiles de bâche kaki. Trois serres accolées les unes aux autres suffisaient à peine à contenir les milliers de créatures que les scientifiques avaient rapportées des quatre coins de la planète. Les visiteurs pouvaient passer parmi les insectes et observer à leur guise ces étranges habitants venus de différentes régions en pleine activité. En pénétrant dans ce milieu grouillant de vie, il fallait donc faire bien attention à ne pas écraser quelque fourmi ou scarabée, car sous la toile de bâche, tout le monde circulait en toute liberté.

Pour passer inaperçus, Alice avait emporté dans son sac trois ponchos verts. Dès qu'ils furent suffisamment avancés sur le chemin, elle s'arrêta un court instant sur le trottoir pour les sortir de son sac à dos et procéder à la distribution. Les enfants enfilèrent leur poncho sans un bruit. Archibald se demanda ce qui se passait. Il sortit la tête de la poche de son maître pour humer le voile de plastique que Clarence venait de placer devant son nez. Mal à l'aise, il se dégagea de la poche et remonta se hisser sur l'épaule de Clarence pour avoir une meilleure vue. La poche du blouson resta toujours aussi volumineuse, cachée sous le poncho.

Les enfants arrivèrent enfin au niveau des serres. Ils sautèrent par-dessus la murette qui encerclait le terrain. Le poncho de Clarence était trop grand, lui donnant une allure bizarre, comme si de grandes ailes lui avaient poussé dans le dos. Dès qu'il levait les bras, les côtés du poncho se levaient si haut que sa tête disparaissait au milieu de la toile en plastique. Alice pouffa de rire en le voyant ainsi déguisé en insecte géant.

« Tu crois que les papillons te prendront pour un des leurs, c'est ça ? » lui dit Zoé en lui donnant une petite tape dans le dos.

Clarence ne broncha pas et haussa les épaules, tout engoncé dans son poncho.

Le terrain sur lequel les serres à papillons étaient installées avait été aménagé très récemment. Pour cela, des jardiniers avaient planté fleurs, massifs et bosquets au milieu de bouleaux qui régnaient en maîtres dans ce coin de la ville depuis plusieurs décennies. Les serres avaient ensuite été montées entre les bouleaux, donnant des maux de tête aux architectes, qui avaient dû ruser et faire preuve d'ingéniosité pour dresser les tentes sans avoir à décapiter ni à déplacer les arbres.

Les trois enfants, tout de vert vêtus, se fondaient complètement dans le paysage. Ils passèrent une première rangée de bouleaux en courant et s'arrêtèrent juste derrière le dernier arbre pour observer la rue. Il n'y avait plus une seule voiture sur le boulevard et le gardien semblait avoir déjà terminé sa ronde.

« La voie est libre, murmura Zoé. Courons jusqu'à l'arrière de la première serre. »

Ils étaient sur le point de s'élancer lorsque Clarence s'exclama :

« Eh, regardez ! Les papillons de nuit ont fait comme nous ce soir ! »

Zoé et Alice le regardèrent, interloquées. Alice suivit le regard de son petit frère.

« Ça alors ! Clarence a raison, Zoé ! Regarde ! On dirait qu'ils se sont déguisés eux aussi ! »

Zoé s'approcha d'Alice et de Clarence pour voir ce qu'ils regardaient : sur le tronc d'un des bouleaux, plusieurs papillons tout noirs semblaient collés à l'écorce de l'arbre. Ils formaient de petits triangles isocèles bien rangés les uns contre les autres, au milieu desquels un renflement de velours noir ébène et deux grandes antennes révélaient qu'il s'agissait bien de papillons. Clarence se tourna vers Zoé d'un air interrogateur.

« Dans notre maison de campagne, ils sont pareils mais tout blancs et mouchetés de noir. Là, on dirait qu'ils ont enfilé le costume de Zorro pour passer la nuit... »

Zoé sourit un instant et regarda le tronc sur lequel les papillons s'étaient installés. L'écorce blanche des bouleaux, plantés en plein centre-ville, avait noirci au fil des années sous les effets de la pollution industrielle et n'avait plus grand-chose à voir avec celle des bouleaux des campagnes que Clarence connaissait bien.

« Tu ne crois pas que s'ils étaient tout blancs, ils se feraient repérer par les oiseaux et croquer tout crus ? » lui répondit-elle.

Clarence fronça les sourcils en faisant mine de réfléchir. Il ne s'était jamais rendu compte que les bouleaux des champs étaient bien plus clairs que les bouleaux des villes.

« Mais alors, ils font comment quand ils rendent visite à leurs cousins des campagnes ? » Zoé se dit que le moment était venu de montrer à Clarence les astuces que la nature recélait pour échapper aux prédateurs et se prélasser au soleil ou à l'ombre ni vu ni connu. Elle prit le petit garçon par la main et fit un signe de tête à Alice.

« Tu comprendras bientôt ! Passons sous la tente maintenant ! Je vais vous présenter les cousins et cousines de l'homme invisible ! »

— Chapitre 4 —

BRINDILLES ET COMPAGNIE

Plus tôt dans la soirée, en rentrant chez elle après sa journée d'école, Zoé avait passé plusieurs heures à étudier le montage et le démontage de toutes sortes de tentes. Elle savait que lorsque la porte d'entrée était fermée, l'énorme fermeture Éclair descendue jusqu'en bas fermement maintenue par un gros cadenas, il y avait toujours moyen de décrocher l'un des piquets enfoncés dans le sol pour se glisser à l'intérieur de la tente. Elle emmena ses amis à l'arrière des serres et passa la main le long du sol à la recherche d'un piquet.

« Ah, en voilà un ! s'écria-t-elle après avoir passé quelques minutes à tâtonner dans la terre sans fournir à ses amis la moindre explication. Aidez-moi à tirer ! »

Les trois enfants s'accroupirent pour essayer d'attraper le piquet que Zoé avait commencé à déterrer. Ils répartirent leurs petits doigts autour de l'engin.

« À trois, on tire tous en même temps. Un... deux... trois ! » compta Zoé.

Le piquet ne bougea pas d'un millimètre.

« Fais-le bouger latéralement pour donner un peu de jeu », suggéra Alice.

Zoé s'était relevée et donnait des petits coups de pied sur la tête du piquet, aussi grosse qu'une balle de tennis. Après quelques instants, le piquet se mit à tourner sur lui-même. Zoé passa les doigts sous la tête pour la soulever légèrement. Un pied posté de chaque côté du piquet, elle tira d'un coup sec. La tête se souleva de quelques centimètres, suffisamment pour que les trois enfants puissent passer leurs petits doigts autour de la tige.

« Allez, à trois, on recommence. Un... deux... trois ! » répéta Zoé.

Ce coup-ci, le piquet fusa vers le ciel au moment où les trois enfants tirèrent de toutes leurs forces. Surpris par la vitesse, ils perdirent tous les trois l'équilibre et atterrirent sur leur postérieur. Dans leur poncho vert, on aurait dit trois punaises les six fers en l'air, remuant les pattes à toute vitesse pour se remettre en selle.

Clarence se releva en premier, cherchant du regard son chinchilla.

« Quelqu'un sait où Archibald se cache ? demanda-t-il avec une légère pointe d'inquiétude dans la voix.

– Il était juste à côté du piquet quand nous avons tiré » répondit Alice en regardant tout autour d'elle.

Les trois enfants tournèrent la tête vers l'endroit où se trouvait le piquet. Seul un grand trou rappelait que quelque chose avait été planté là quelques instants auparavant. Les cordes de la toile de tente étaient maintenant lâches et le bas de la serre se soulevait en faisant de petites vagues.

« Regardez ! La toile se soulève et on voit à l'intérieur ! » dit Clarence qui se pencha pour découvrir ce qui se trouvait derrière la bâche.

Il tira légèrement la toile vers lui et passa la tête à l'intérieur de la serre. Archibald avait pénétré dans la tente sans attendre son maître et se tenait debout, sur ses pattes arrière, à renifler un arbuste très curieux, particulièrement touffu.

Clarence se releva et se frotta les yeux pour être sûr qu'il n'avait pas rêvé. Alice et Zoé avaient déjà passé la tête sous la toile pour regarder à leur tour.

Plusieurs petits buissons les uns derrière les autres formaient un étrange bosquet. Les arbustes foisonnaient de larges feuilles vert clair, chacune entourée de six petites feuilles réparties tout autour de la feuille principale. De l'autre côté, quelques branches paraissaient desséchées. Archibald, toujours campé sur ses pattes arrière, approcha l'une de ses pattes avant et donna un petit coup sur les branches du premier buisson.

Les enfants se glissèrent sous la toile de tente à la suite d'Archibald. Ils arrivaient à son niveau au moment où la patte d'Archibald fit bouger l'une des brindilles à l'extrémité du buisson. Celle-ci se mit à trembler puis, à la stupéfaction de tous, se déplaça lentement pour remonter le long d'une branche située juste au-dessus. Clarence s'approcha du buisson pour mieux voir.

« Zoé, viens voir, on dirait que le buisson bouge tout seul ! dit-il, surpris.

– Ça doit être un buisson magique ! lui rétorqua Zoé. Souffle dessus pour voir s'il part en courant. »

Clarence remplit ses poumons d'air et se mit à souffler en direction du végétal. Quelques petites feuilles frémirent. Puis l'une d'entre elles remua plus que les autres et se déplaça à son tour, remontant elle aussi plus haut sur la branche sur laquelle elle se trouvait.

« Ça alors ! Le buisson est ensorcelé ! s'écria Clarence.

– Ce n'est pas le buisson qui bouge, répondit Zoé. Regarde bien. Ton arbuste est en fait couvert d'insectes. Tu crois voir des feuilles, mais en fait, ce sont des phasmes feuilles, ou phyllies. Elles proviennent de Malaisie. Les brindilles accrochées aux branches plus épaisses sont des phasmes bâtons. Certains sont de couleur verte, d'autres ressemblent à des brindilles mortes et donnent l'impression qu'une partie du végétal est desséchée.

– Et il y en a même qui peuvent changer de couleur, ajouta Alice, à faire pâlir de jalousie un caméléon ! »

Clarence se mit à regarder tout autour de lui, se demandant si toutes les plantes sous la serre n'étaient pas en fait que des monticules d'insectes savamment camouflés prêts à lui sauter dessus. Il déglutit et demanda d'une petite voix :

« Tu avais bien dit qu'il y avait des papillons, non ? dit-il, pensant que les papillons seraient bien plus faciles à repérer avec leurs ailes bariolées.

– Il y a des tas de surprises qui t'attendent sous ces bâches », lui répondit Zoé avec un clin d'œil.

La remarque était loin de rassurer Clarence qui se raidit dans son poncho et vérifia d'un revers de la main qu'aucune bête ne s'était accrochée à sa surface.

Archibald était déjà reparti galoper dans une des allées de la serre. Les trois enfants se mirent en marche derrière lui pour découvrir les autres bestioles dissimulées dans tous les recoins de la tente. Zoé ouvrait l'œil. S'il y avait des phasmes de Malaisie dans cette serre, il était fort possible que d'autres espèces de la même région soient présentes. Elle essaya de se remémorer ce qu'elle avait lu la veille dans le récit de voyage de Wallace.

L'explorateur avait rapporté de son périple plus de trois mille peaux d'oiseaux et vingt mille papillons et coléoptères, totalisant près de mille espèces différentes d'oiseaux et sept mille insectes. Dans son ouvrage, il avait fait aussi mention des phasmes de Bornéo qui lui avaient été offerts par les autochtones. Or les phasmes étaient l'une des nourritures des oiseaux du paradis. Il y avait là un chaînon de plus qui pourrait peut-être, à terme, amener Zoé à en découvrir un peu plus sur ses parents.

Elle essaya de ne pas trop y penser et de se concentrer sur les espèces qui avaient été réunies dans la première serre. En commençant par les papillons poussant sur tiges et arrosés de colorants qu'il allait falloir montrer à Clarence...

— Chapitre 5 —

TROIS PETITES CROTTES ET PUIS S'EN VONT

À la suite de sa découverte des insectes en forme de feuilles ou de brindilles, le petit garçon s'était subitement fait beaucoup plus discret. Alice se dit que le buisson magique avait eu raison de son excitation. Clarence regardait presque frénétiquement dans tous les recoins de la serre. Mais son air légèrement apeuré laissait penser qu'il souhaitait avant tout éviter de faire à nouveau quelque mauvaise rencontre, plutôt que chercher les pousses de papillons. D'ailleurs, depuis qu'ils avaient pénétré sous la toile, aucun papillon n'était venu frôler leur visage. Alice commençait même à se demander s'il y en avait bien dans cette serre-là.

De grandes tables rectangulaires occupaient le fond de la serre dans laquelle les enfants avaient pénétré. Un pot contenant une demi-douzaine de loupes était posé au centre de chaque table et des boîtes en bois fermées par des couvercles en verre étaient alignées les unes à côté des autres. Zoé se pencha la première pour voir ce que les boîtes contenaient.

Des dizaines de coléoptères avaient été piqués sur des épingles et classés selon les espèces, allant de jolies coccinelles rouges et noires à de gros scarabées à cinq cornes, leurs élytres laqués chatoyant à la lumière des lampes de poche que les enfants portaient sur la tête.

« Venez voir par ici ! » cria Zoé à ses amis.

Alice et Clarence la rejoignirent instantanément. Ce dernier monta sur la pointe des pieds pour observer ce que les boîtes contenaient. Zoé lui cala une loupe dans la main avant même qu'il ait eu le temps de réfléchir. Derrière le verre grossissant, des créatures à six pattes, toutes figées dans une même pose, avaient l'air d'escadrons prêts à partir en guerre. Il y avait là des dizaines de rangées de petits soldats, chacun un bouclier brillant plaqué sur le dos et des mandibules en forme de tenaille. À la vue de ces créatures désormais inoffensives, Clarence se dit qu'ils pourraient faire de super alliés pour ses jouets. Il reprit soudain confiance en lui, saisit fermement la boîte entre ses mains et la retourna.

« Enfin, Clarence, mais que fais-tu donc ? lui demanda sa sœur. Ces boîtes sont à manipuler avec délicatesse.

– Mais oui, mais oui, je sais. C'est fragile... On touche avec les yeux... C'est pas la première fois que je viens au musée... »

Il replaça la boîte dans le bon sens et en vérifia les côtés. Puis il se rendit compte que sa sœur l'observait toujours du coin de l'œil. Il lui retourna son regard et reposa la boîte sur la table.

Zoé était déjà repartie quelques mètres plus loin. Elle s'était accroupie, les yeux rivés sur le sol. Alice et Clarence se rapprochèrent. Quatre scarabées étaient en train de jouer avec des balles brunes bien plus grosses qu'eux.

« Euh... Ils jouent au foot ? tenta Clarence, intrigué.

– Remarque, avec chacun un ballon, ils ne risquent pas d'être déçus du résultat du match.

– Arrêtez de vous moquer de moi à chaque fois, sinon je le dis aux parents... Ils jouent à quoi, alors ? »

Clarence ne quittait pas les insectes des yeux. Même si c'était là une partie de golf, les balles semblaient bien grosses pour rentrer dans les trous d'un terrain pour coléoptères. L'un d'entre eux accéléra soudain sa course.

« À mon avis, ils ne jouent pas du tout... » finit par répondre Zoé, sans perdre des yeux l'animal qui partait se fourrer sous un bosquet.

Les scarabées avaient l'air effectivement bien occupés. Clarence tenta de comprendre le but de leur activité. Il n'y avait aucun ordre dans leurs mouvements. Les quatre scarabées faisaient rouler une énorme boule plus ou moins vite, plus ou moins loin, et ne se souciaient guère des trois intrus qui les observaient. Archibald rejoignit son maître à cet instant. Étonné lui aussi, il pointa le bout de son museau pour renifler ces étranges créatures. L'une d'entre elles lui passa en trombe entre les pattes. Le chinchilla sursauta et déguerpit sans attendre.

Pendant ce temps, Clarence s'était muni d'un petit bâton. Il l'approcha d'un des coléoptères et l'appuya sur la boule que la créature faisait rouler.

« Clarence, enfin... Laisse-le tranquille, tu veux ?

– Attends voir. Je vérifie juste quelque chose... »

L'animal poussa et poussa encore sa boule. Clarence souleva son bâton. Le scarabée repartit de plus belle, accélérant la cadence pour atteindre lui aussi le bosquet dans lequel son congénère avait disparu. Clarence repositionna son bâton au-dessus de la boule et abaissa le bras. La boule se retrouva de nouveau bloquée, le scarabée poussant de toutes ses forces, à en déraper sur le sol.

« Il pousse avec ses pattes avant ou arrière ? On dirait qu'il avance en marche arrière. Il fait comment pour savoir où il va ?

– Aucune idée..., répondit Alice, les yeux toujours fixés sur les trois coléoptères.

– En tout cas, ils sont rudement forts. Ils doivent avoir de sacrés biscottos s'ils s'entraînent toute l'année à ce jeu-là.

– Pas faux, Clarence. Ces créatures-là peuvent soulever plus de mille fois leur poids. C'est à peu près comme si tu soulevais des haltères de plus de vingt tonnes, tu imagines ? »

Le jeune garçon resta muet plusieurs longues secondes, imaginant la taille que de telles haltères pourraient avoir. Sans doute celle d'une maison. Ou même d'un immeuble ? Superman y arrivait bien, lui. Décidément, ces créatures-là seraient aussi diablement utiles comme soldats pour aider ses jouets à vaincre les forces du mal. Ils pourraient à eux seuls remporter toutes les batailles. Il tapota la poche extérieure de son blouson tout en jetant un coup d'œil aux filles pour vérifier si elles le regardaient. Alice ne quittait pas son frère des yeux, le soupçonnant toujours de préparer un de ces plans dont il avait l'habitude et qui se terminait souvent en punition. Il fit mine de se concentrer à nouveau sur ces étranges goliaths en modèles réduits pour effacer l'air coupable sur son visage qui ne manquait jamais de le trahir.

Après quelques instants, il reprit ses questionnements.

« Mais ils les trouvent où, leurs haltères ?

– Devine !

– Ben quoi, devine ? Ils n'ont pas de magasin de sport, que je sache !

– Qu'est-ce que tu peux être bête parfois, Clarence ! Réfléchis un peu ! »

Là, Clarence était vexé pour de bon.

« Zoé..., la supplia Alice.

– Oh, ça va ! Il n'a qu'à trouver un peu

par lui-même aussi ! Ils les fabriquent… C'est tout de même pas sorcier, si ?

– Ah bon ? »

Clarence regarda, médusé, tout autour de lui.

« Mais… ils les fabriquent avec quoi ? »

La question était irrésistible. Zoé essaya de retenir un sourire avant de répondre, le plus sérieusement du monde :

« À partir d'excréments.

– De quoi ?!

– D'*ex-cré-ments…* », répéta Zoé sans tenter d'être plus explicite, juste pour voir la réaction de Clarence.

Le jeune garçon se tourna vers sa sœur, espérant qu'elle l'aide un peu plus.

« Ben, tu sais, Clarence, d'excréments… »

Apparemment, les deux filles avaient bien décidé de le faire tourner en bourrique ce soir-là. Il leva les sourcils sans rien comprendre de plus. Zoé poursuivit néanmoins, d'une voix presque doucereuse, comme pour continuer à le rendre chèvre :

« De fèces d'animaux, si tu préfères…

– Hein ?

– Eh oui…, continua-t-elle, d'un ton le plus sérieux possible.

– Ils font des boules avec des morceaux de… fesses ? Des bouts de… derrières ? De popotins ? »

Alice et Zoé éclatèrent de rire. Clarence déclinait tout le vocabulaire qu'il connaissait pour appeler la chose sur laquelle il s'asseyait tous les jours. Quelques larmes se mirent à ruisseler sur les joues de Zoé tandis qu'Alice se tenait le ventre. Clarence avait la bouche grande ouverte de surprise.

« Mais… Ils en font quoi après… ? »

À peine avait-il posé sa question qu'il la regretta. À tous les coups, la réponse allait encore une fois détonner. Et cela ne manqua pas. Zoé lâcha entre deux fous rires :

« Ils… ils… ils les mangent ! »

Zoé devait adorer se moquer de lui. Il se leva en faisant la moue et tourna les talons. Zoé essaya de le rattraper.

« Mais c'est pourtant vrai, Clarence.

– Ben voyons…

– Si ! » ajouta sa sœur qui n'avait pas quitté les coléoptères.

Clarence se dit qu'il réglerait ses comptes avec elles plus tard et fila le plus loin possible des filles pour continuer sa visite tranquillement et pouvoir faire enfin ce qu'il avait prévu de faire ce soir-là. Maintenant qu'il avait retrouvé toute sa confiance en lui, il ne devait pas perdre une seule minute.

Zoé le laissa partir, faute de parvenir à le convaincre davantage. Elle poursuivit son chemin de son côté, se dirigeant presque machinalement dans un coin de la serre où la végétation était un peu plus luxuriante.

— Chapitre 6 —

UN PAPILLON SUR L'ÉCRAN

Zoé s'enfonçait au milieu de lianes entremêlées, artificiellement suspendues à des câbles au-dessus de sa tête. À cet endroit-là de la serre, de nombreux papillons batifolaient dans les airs, frôlant son visage à chaque passage. Elle continua à avancer pour voir si elle saurait reconnaître certaines espèces. Dans l'obscurité, et malgré la lampe qu'elle avait allumée sur sa tête, il n'était pas facile de distinguer les différentes couleurs qu'ils arboraient sur leurs ailes. Les papillons étaient tous plus ou moins de la même taille. L'un d'entre eux, un peu plus grand que les autres et entièrement bleu, se posa à proximité d'elle. Il battit deux fois des ailes, comme pour attirer son attention, puis repartit avant qu'elle ait le temps de s'approcher davantage pour l'examiner. À ses pieds, un autre papillon s'était immobilisé. Il avait les ailes orange, bordées de noir. Il décolla lui aussi dès qu'elle fit un pas en avant. Elle poursuivit sa route.

Au milieu de la serre, planté juste sous un bananier aux feuilles verdoyantes, se trouvait un petit écran. Pendant la journée, il devait servir à passer en boucle une vidéo pour les visiteurs. Zoé observa l'écran noir pendant plusieurs secondes. Il était amusant de voir combien des lieux si animés et bruyants de jour pouvaient devenir si paisible, en plein cœur de la nuit. Elle jeta un regard à droite, puis un autre à gauche. Alice était affairée à observer des chenilles sur un tronc d'arbre à l'aide d'une grosse loupe accrochée à une chaîne métallique fixée dans le sol. Elle l'entendait de temps à autre laisser échapper des « Beurk ! » ou des « C'est dégoûtant ! ». Les insectes n'avaient pas l'air d'être sa tasse de thé...

Elle se hissa sur la pointe des pieds pour vérifier ce que Clarence faisait. Il était à quatre pattes, le nez contre le sol, à compter les fourmis qui partaient en expédition, des baluchons plus gros que leur tête entre leurs mandibules. Les ouvrières devaient rapporter un maximum de provisions jusqu'à la fourmilière, profitant de la nuit et de l'absence des visiteurs pour récupérer toutes les miettes de gâteaux et sandwichs tombées au cours de la journée.

La tentation d'appuyer sur le bouton de l'écran de télévision devint subitement incontrôlable. Zoé regarda son index se diriger tout seul vers l'interrupteur. Il s'écrasa contre la surface en plastique et s'enfonça. Un petit déclic résonna dans le silence de la serre. Puis une voix s'échappa du poste.

« *Nous étions dissimulés dans le poste d'observation depuis maintenant plusieurs semaines, en vain...* »

Le reportage montrait trois entomologistes postés en embuscade dans un minuscule cabanon pour observer des insectes. Elle se rapprocha de l'écran pour voir de quelles bestioles ils allaient parler.

À l'autre bout de la serre, Clarence laissa soudain échapper un cri de terreur.

« Aïe ! Ouille ! Au secours, Alice ! »

Zoé ne prêta même pas attention aux cris du petit garçon. Les yeux rivés à l'écran, elle suivait le documentaire destiné aux visiteurs de la serre. En pleine journée, il était vraisemblable que les aventures des trois entomologistes planqués dans leur observatoire de fortune ne devaient pas particulièrement attirer l'attention des passants trop bruyants. Elle se demanda même si les visiteurs remarquaient l'écran, placé comme il l'était sous de grandes feuilles de bananier. Mais en pleine nuit, le récit des trois hommes prenait soudain une tout autre allure.

« *Jusqu'à présent, pas le moindre battement d'ailes n'était venu troubler notre quiétude...* »

« Tiens », pensa Zoé, ils attendent sans doute un papillon. Tout à coup, un nom attira toute son attention. En un instant, elle se retrouva comme aimantée à l'écran, oubliant complètement ses amis.

« … *si seulement nous pouvions avoir autant de chance que Wallace plus d'un siècle et demi plus tôt…* »

Zoé se rapprocha de l'écran pour essayer de deviner l'endroit où la vidéo avait été tournée. La zone semblait tropicale. Ils devaient se trouver dans une jungle à l'autre bout du monde. Elle pistait le moindre indice. Des petites fleurs jaunes sur un arbuste à proximité de l'endroit où les entomologistes s'étaient mis en planque lui rappela quelque chose. Mais où avait-elle bien pu voir cet arbuste ?

L'un des entomologistes continua à raconter leur histoire.

« *Nous avions installé notre campement à proximité de sa seule source de nourriture. Les mussaendas poussaient ici à profusion. À moins d'une extinction totale de l'espèce, notre attente ne pouvait qu'être récompensée d'une minute à l'autre. En tout cas, c'est ce que nous nous plaisions à croire, histoire de nous réconforter un peu après ce long périple à travers la jungle…* »

Au son de « *mussaendas* », Zoé se rappela tout à coup son rêve, puis tout ce qu'elle avait lu la veille lui revint à l'esprit. Les chercheurs devaient se trouver sur l'île de Bacan, en Indonésie.

« Bon sang, ils sont à la recherche des *Crœsus* ! » se dit Zoé tout bas.

Elle attendait, les yeux grands ouverts, tout comme les trois hommes en planque, l'arrivée du papillon géant. Soudain, dans l'angle de l'écran, l'un d'eux apparut. Les trois entomologistes restaient silencieux, se contentant de filmer la créature qui avait tant fait parler d'elle du temps de Wallace. Les ailes étaient vraiment d'une envergure très impressionnante.

Dans le fond de la serre, Alice avait rejoint son frère.

« Clarence, mais qu'as-tu encore fait ? »

Le petit garçon était couché par terre, se tenant un doigt en l'air. Il pleurnichait.

« Elles... Elles...

– Calme-toi un peu et montre-moi plutôt, lui dit-elle en lui attrapant le doigt.

– Elles m'ont mordu. D'un coup, d'un seul !

– Mais pourquoi diable as-tu cherché à les attraper ? »

Clarence se ferma d'un trait et regarda sur le côté. À quelques mètres de là, une boîte de chocolat en poudre gisait sur le sol, sans couvercle. Celui-ci se trouvait à une cinquantaine de centimètres de là.

« Mais qu'est-ce que...

– C'est pour ma collection...

– Ta collection ? Mais de quelle collection tu parles ?

– Ma collection d'insectes...

– Tu n'as pas de collection d'insectes, Clarence. Ou alors, je ne l'ai jamais vue.

– C'est-à-dire que...

– Que... ?

– Chaque fois que j'attrape des insectes, je les mets dans la boîte de chocolat en poudre, là. Mais je ne peux jamais les garder bien longtemps...

– Quoi ? Parce qu'ils s'échappent ? Tu veux dire que tu gardes des insectes vivants dans ta chambre et que tu les laisses s'échapper, c'est ça ? »

Alice imagina soudain sa chambre grouillante de cafards réfugiés sous son lit, ou de grillons et cigales jouant du violoncelle pendant la nuit pour passer le temps.

« Non. Ils restent dans la boîte. Je les enferme toujours avec le couvercle. Je ne suis pas bête à ce point quand même...

– Tu les enfermes dans la boîte ? Comme ça ? Sans air ? Sans nourriture ? »

Clarence se mit à pleurer de plus belle.

« C'est pour ça que je voulais en attraper des plus en forme ici... Les miens tombent toujours malades.

– Mais, enfin, Clarence ! Tu aimerais qu'on te mette en boîte, toi aussi ? »

Clarence resta silencieux.

« Alors ?

– C'est-à-dire que... Il reste bien un peu de chocolat en poudre dans le fond de la boîte... »

Alice laissa échapper un long soupir.

« Montre-moi plutôt ton doigt. Au moins, les fourmis t'ont montré qu'elles n'avaient pas envie de finir leur vie dans une boîte de chocolat en poudre. J'espère au moins que ça t'aura servi de leçon ! »

Alice sortit un mouchoir en papier de son sac à dos et emballa le doigt de son petit frère. L'entaille n'était pas profonde, mais c'est sûr, il ne mettrait plus ses doigts n'importe où pendant le reste de la soirée.

Clarence se repassa mentalement tous les insectes qu'il avait prévu de ramasser pour sa collection et qu'il devrait laisser en liberté dans la serre. Après ça, sa sœur allait sûrement lui prendre la boîte et la confisquer. Et pas question de mettre la moindre créature à six pattes directement dans sa poche. Il soupira à son tour, la mine un peu renfrognée.

La voix de Zoé les tira tous les deux de leurs pensées.

« J'ai trouvé les papillons géants ! Par ici ! »

Clarence se remit debout et fila au bout de la serre voir de quoi il était question. Sa sœur le suivit, non sans avoir au préalable récupéré la boîte de chocolat en poudre, qu'elle enferma dans son sac à dos pour s'assurer qu'elle ne servirait plus.

— Chapitre 7 —

UN INDICE DANS LA NUIT

Face à Zoé, planté sur un tronc d'arbre, se trouvait effectivement un papillon aux ailes majestueuses. Il n'était pas vivant mais avait été épinglé et placé dans une boîte en verre sur le tronc. Il était aussi grand qu'une assiette à soupe. Au-dessous, une étiquette déclinait son nom : « *Troides croesus*. Famille des *Papilionidae*. Ornithoptère que l'on trouve en Indonésie. »

Clarence s'y reprit à deux fois pour lire l'étiquette. Puis il se tourna vers Zoé en gonflant la poitrine.

« Ils ont dû l'arroser pas mal, celui-là. Et aussi lui mettre une bonne dose de colorant. Le verre sert de mini-serre, mmm ? Pour le faire pousser plus vite, mmm ? Cela dit, ils se sont trompés... »

Zoé le questionna du regard, attendant la suite de l'explication.

« Ben, ce n'est pas un ornithoptère... »

Zoé et Alice se regardèrent, surprises de la remarque de Clarence qui, d'habitude, était plutôt celui qui posait les questions.

– « Ah bon ? finit par demander Zoé.

– Tu vois bien que ce n'est pas un avion... C'est pas évident ?

– Comment ça, « pas un avion » ? Bien sûr que non, c'est un papillon !

– C'est bien ce que je dis. »

Clarence n'en ajouta pas plus.

« Et ?

– Et donc ils se sont trompés...

– Mais pourquoi donc ?

– Parce qu'un ornithoptère est un avion. C'est tout. C'est pas difficile à piger quand même. »

Zoé commençait à comprendre.

« Ah ! Mais un ornithoptère n'est pas forcément un avion, Clarence. Ni même un aéronef, quel qu'il soit. *Ornithos* signifie oiseau en grec, et *pteron*, aile. Et là, il s'agit bien de papillons dont les ailes sont tellement grandes qu'elles pourraient faire penser à des ailes d'oiseau. »

Clarence oublia de se vexer. Une image de ptérosaure aux dents acérées surgit tout à coup à son esprit et lui rappela une sortie au muséum où l'une de ces créatures maléfiques l'avait terrifié. Il imagina le papillon sous ses yeux se métamorphoser en monstre préhistorique. Du coup, il rechercha à toute vitesse tous les *ornithos* qu'il connaissait et tous les monstres qui pouvaient commencer par *pteron* pour voir s'il y avait une relation quelconque entre toutes ces bêtes. Alice réfléchissait au même moment à la même chose.

« Tiens ? Il y aurait donc un lien entre les chasseurs d'ornithoptères et les ornithologues ? Remarque, avec un filet à papillons, on doit bien arriver à attraper aussi des oiseaux ! »

Zoé, elle, avait fait le rapprochement depuis longtemps. Car si ses parents avaient lu le livre de Wallace de la bibliothèque, ils avaient peut-être aussi suivi ses pas sur les îles indonésiennes, celles du Timor, des Moluques ou toutes celles qui se trouvaient à proximité de la Nouvelle-Guinée, entre l'Asie et l'Australie.

Le reportage dans son dos continuait à tourner, la voix des entomologistes berçant les pensées des trois enfants qui s'étaient tus. Zoé perdit son regard dans la jungle derrière les trois hommes. Puis la caméra montra l'intérieur de leur cabanon. Dans leur dos, sur le mur du fond, des inscriptions avaient été gravées à même le bois. Elle se rapprocha de l'écran. Elle ne se trompait pas : il y avait là des dates et des noms. Le plan fixe sur l'un des entomologistes qui parlait lui permit de lire quelques-unes des inscriptions. Tout à coup, son œil tomba sur son propre nom de famille. Elle cligna des yeux pour s'assurer qu'elle n'était pas en train de rêver. *A & H Simonin*. « A » et « H » étaient les initiales des prénoms de ses parents : Alain et Hélène ! Elle se rapprocha encore davantage de l'écran. La caméra tourna subitement pour filmer un nouveau spécimen de *Troides croesus* qui venait lui aussi butiner les fleurs de mussaendas. Elle resta devant l'écran jusqu'à la fin du documentaire dans l'espoir que la caméra filmerait à nouveau l'intérieur du cabanon. Mais très vite, le générique de fin apparut sur l'écran. L'écran redevint entièrement noir. Le film était terminé.

Alice sembla la réveiller lorsqu'elle lui tira le bras pour lui montrer un nouveau papillon qui venait de se poser non loin d'eux.

« Tu crois qu'on peut trouver celui-ci par chez nous ? » demanda-t-elle.

Zoé était ailleurs. Son esprit repassait tout ce qu'elle venait de voir, lui confirmant de plus en plus que ses parents étaient un jour eux aussi passés par l'île de Bacan. Son enquête personnelle avançait.

Alice lui reposa sa question, surprise du silence de son amie. Zoé jeta un coup d'œil rapide à l'animal.

« Non. Il est trop coloré. Et trop grand.
– Bon, je vois que le sujet te passionne... »

À ce moment-là, Clarence, qui cherchait un peu partout sous les feuillages d'autres pousses de papillons aussi colorés que celui que Zoé lui avait montré, s'écria :

« Euh... Il y a un monsieur en uniforme de gardien qui fait sa ronde là... »

La phrase tira instantanément Zoé de sa rêverie.

« Comment ?

– J'ai dit : il y a un monsieur en uniforme de gardien qui fait sa ronde là. Je dois le répéter encore combien de fois ? »

Alice se demanda si son petit frère avait décidé de prendre sa revanche.

« Si tu essaies de nous faire marcher, Clarence, ça ne prend pas, mais alors pas du tout.

– Si vous pensez que je m'amuse..., continua-t-il d'un ton assuré. Archi, viens ici tout de suite ! »

Le chinchilla regarda son maître du coin de l'œil. Clarence claqua ses doigts de façon autoritaire. Le chinchilla ne bougea pas. Alice s'était rapprochée de son frère. Une porte en toile permettait de passer d'une serre à l'autre. Elle se mit à genoux près de Clarence et passa la tête sur le côté de la porte. Un gardien était effectivement en train de traverser la serre voisine.

Elle se retourna et fit un signe à Zoé.

« Filons d'ici au plus vite ! »

Zoé la rejoignit, s'agenouilla aussi et jeta un œil de l'autre côté. Le gardien passait entre des rangées d'arbres exotiques, un arrosoir à la main. Clarence chuchota à l'oreille de sa sœur :

« Il est venu arroser les papillons ? »

Alice lui mit la main sur la bouche et se leva aussi discrètement que possible. Il fallait récupérer Archibald sans faire de bruit et déguerpir sans perdre une minute. Si le gardien arrosait les papillons de la serre d'à côté, comme le pensait son petit frère, il ne tarderait pas à arroser les papillons de la serre dans laquelle ils se trouvaient.

Archibald était monté sur une table et reniflait l'intérieur de pots à confiture qui devaient servir à une activité destinée aux enfants pendant la journée. Alice contourna la table et saisit l'animal par derrière, ne lui laissant aucune chance de s'échapper. Zoé avait déjà avancé de quelques pas en direction de l'endroit où ils avaient décroché la toile de tente. Clarence souleva son poncho pour replacer son animal préféré dans sa poche. Alors qu'ils passaient à proximité des buissons de phasmes, il frissonna un instant et se força à regarder droit devant lui en les ignorant. Zoé avait soulevé un bord de la toile de tente. Elle regardait à l'extérieur si la voie était libre. Il n'y avait personne.

Les trois enfants se faufilèrent sous la toile. Une fois dehors, Zoé renfonça le piquet qu'ils avaient ôté afin de refermer la serre aux papillons et d'empêcher ainsi les intrus d'y entrer. Ils reprirent le chemin du retour d'un pas d'abord hésitant, puis de plus en plus assuré.

Zoé avait l'air soucieux. Une partie du mystère de la disparition de ses parents lui avait peut-être été révélée ce soir ; mais il lui en restait tant à apprendre. Retracer leur parcours dans les mers du Pacifique risquait de lui prendre des années entières. Alice, elle, était bien contente d'avoir laissé toutes ces créatures gluantes et grouillantes derrière elle. Clarence, en revanche, réfléchissait toujours.

« C'était drôlement bien, quand même, cette expédition au milieu des bébêtes, hein ? »

Aucune des filles ne lui répondit. Il poursuivit ses réflexions en silence. Après un petit kilomètre dans les rues de la ville, leur immeuble fut enfin en vue. Il leva la tête et la tourna vers sa sœur, un grand sourire accroché au visage.

« Dis, Alice, on pourra nous aussi faire pousser des papillons à la maison ? »

FIN

Pour en savoir un peu plus…

Le papillon du bout du monde porte sur les questions d'évolution et de distribution géographique des espèces. L'histoire utilise pour cela l'exemple de la phalène du bouleau, un papillon de nuit qui, au XIXe siècle, réagit à la pollution atmosphérique générée par l'industrialisation intensive : les poussières de charbon rendaient alors les murs et les troncs d'arbres des grandes villes plus sombres. Une variété aux ailes blanches tachetées de noir, très facilement repérable par les prédateurs, sembla alors disparaître, tandis que la variété noire, peu visible sur les surfaces salies, devint abondante.

Les cas de mimétisme cités chez les phasmes et les phyllies s'ajoutent au cas spectaculaire des phalènes pour faire comprendre des mécanismes de la sélection naturelle.

D'autres papillons qui ont servi à un naturaliste britannique du XIXe siècle à élaborer les principes de l'évolution par sélection naturelle sont évoqués : les *Troides croesus*, rendus célèbres par les recherches d'Alfred Russel Wallace sur la faune et la flore de l'archipel malais. Le naturaliste britannique est surtout connu aujourd'hui comme étant le codécouvreur de la théorie de l'évolution des espèces par la sélection naturelle avec Charles Darwin. Au cours de leur aventure, les trois enfants croisent également des scarabées bousiers et Zoé aperçoit un morpho, tout bleu, et un monarque, orange et noir.

Le récit retrace en partie le parcours et les réflexions de Wallace lors de son exploration de l'archipel malais (correspondant aux actuelles Malaisie et Indonésie). Pour Wallace, la distribution géographique des mammifères de taille importante, tels les rhinocéros, impliquait que certaines îles avaient été autrefois reliées entre elles par de la terre. Dans le cas des oiseaux, le phénomène était encore plus évident, car même en possédant des ailes, les oiseaux, comme les Passereaux, se retrouvaient tout autant isolés par un bras de mer que les quadrupèdes. Si des oiseaux du paradis se retrouvaient sur des îles plus ou moins proches, alors que les climats étaient parfois différents, c'était sans doute, pensait Wallace, parce que ces îles appartenaient à un même continent ancien, lequel s'était fragmenté au cours des temps.

Sa découverte d'un papillon de grande taille, *Troides croesus*, sur l'île de Bacan, dont les couleurs (orange et noir) différaient de celles des *Troides* des îles voisines (verts et bleus), laissant donc supposer qu'un éloignement géographique avait eu lieu, lui permit de théoriser la sélection naturelle au même moment que Charles Darwin en Angleterre. Pour capturer son premier spécimen, Wallace se posta près d'un buisson de mussaendas où il avait aperçu un mâle et parvint à attraper une femelle.

Les recherches de Wallace démontrent à quel point le naturaliste britannique était intrigué par les différents types d'espèces trouvées en Asie et en Australie. Contrairement à l'Asie, peuplée de nombreux quadrupèdes de toutes tailles, l'Australie ne comptait aucun singe, chat, tigre, ours ni loup, aucun mouton ni bœuf, pas même d'éléphant ni de cheval, d'écureuil ni de lapin. À la place, marsupiaux, kangourous, opossums, wombats et ornithorynques se partageaient l'espace, tandis que les oiseaux ne ressemblaient à aucune des espèces trouvées sur les autres continents. Les différences d'espèces d'une île à l'autre, au sein des archipels ou d'un archipel à un autre, étant plus ou moins marquées, Wallace parvint à délimiter une zone, aujourd'hui appelée « ligne Wallace », délimitant une frontière biogéographique (c'est-à-dire une frontière qui établit les limites de répartition des êtres vivants sur une zone géographique précise) entre les zones écologiques indomalaise et australasienne, zones que l'on nomme « écozones », qui regroupent chacune les mêmes espèces animales et végétales.

Alfred Russel Wallace

Naturaliste britannique, Alfred Russel Wallace (1823–1913) était aussi un explorateur aguerri, dont les recherches ont contribué au développement des connaissances, en anthropologie comme en géographie. Il fut celui qui identifia la ligne séparant les espèces australiennes de celles d'Asie à partir de ses observations sur la distribution géographique des espèces animales trouvées sur les archipels explorés (que l'on appelle aujourd'hui la biogéographie). Wallace proposa une théorie sur l'évolution par la sélection naturelle, au moment où Charles Darwin, en Angleterre, arrivait lui aussi aux mêmes conclusions. il poussa ce dernier à accélérer la publication de son livre le plus fameux (pour être le premier...), *De l'origine des espèces*, en novembre 1859. Ce qui fait qu'Alfred Russel Wallace est aujourd'hui bien moins connu que Darwin...

Après un premier voyage au Brésil, Wallace partit explorer les archipels indonésiens, les Moluques ou les îles de Papouasie-Nouvelle-Guinée sur près de 65 000 km entre 1854 et 1862.

Sa collection comptait plus de 125 000 spécimens (dont un millier inconnus jusqu'alors), parmi lesquels plus de 30 000 coléoptères, 13 000 lépidoptères, 3 000 oiseaux et 300 mammifères.

Charles Darwin

Naturaliste britannique, Charles Darwin (1809–1882) fut célèbre pour ses travaux sur l'évolution des espèces par la sélection naturelle, publiés pour la première fois en 1859 dans son ouvrage, *De l'origine des espèces*.

Tout comme Wallace, Darwin s'intéressa à la distribution géographique des espèces, mais il observa notamment les variations entre des individus d'une même espèce, transmises d'une génération à l'autre. Pour Darwin, ces variations biologiques étaient à l'origine de l'apparition de nouvelles espèces vivantes comme de la disparition de certaines espèces, moins adaptées à leur environnement. Ainsi, toutes les espèces seraient issues d'un ancêtre commun. La théorie de l'évolution de Darwin est à la base de la biologie moderne.

TROIDES CROESUS

Très grand papillon (17–20 cm d'envergure) de la famille des Papilionidés, décrit par Alfred Russel Wallace en 1859 et d'abord nommé *Ornithoptera croesus*. On le trouve en Indonésie, sur certaines îles de l'archipel des Moluques.

On appelle communément les espèces de papillons de cette taille des ornithoptères – du grec *ornithos* (oiseau) et *pteron* (aile) –, car leurs ailes ressemblent à celles des oiseaux. Les ornithoptères se trouvent dans le Sud-Est asiatique et l'Océanie, notamment en Indonésie, en Papouasie-Nouvelle-Guinée, dans les îles Salomon et en Australie. Ils sont souvent chassés par les collectionneurs ou par les peuples indigènes qui en font un commerce. En outre, ils souffrent de la déforestation de nombreuses régions qui réduit leurs lieux naturels de vie. L'espèce *Troides croesus* est aujourd'hui protégée.

LA PHALÈNE DU BOULEAU

Papillon nocturne fréquemment cité pour illustrer l'adaptation des espèces à leur environnement : d'abord par mutation de la forme claire en forme sombre moins visible sur des supports assombris par la pollution industrielle (par mutation des gènes responsables de la production de mélanine, qui détermine la coloration) ; ensuite par sélection naturelle. Le nombre d'individus sombres, mieux adaptés à leur environnement, a augmenté, contrairement à celui des individus clairs. Cette explication est parfois controversée, certains scientifiques pensant que le camouflage des individus (leur changement de couleur) ne peut à lui seul expliquer la sélection naturelle.

QU'EST-CE QU'UNE ÉCOZONE ?

C'est une partie de la surface terrestre représentant une unité écologique de plusieurs millions de kilomètres carrés, où espèces animales et végétales sont communes à toute la zone. Il existe 8 écozones : l'Afrotropical, l'Antarctique, l'Australasien, l'Indomalais, le Paléarctique, le Néarctique, le Néotropique et l'Océanien.

QU'EST-CE QUE LA BIOGÉOGRAPHIE ?

C'est l'étude de la répartition des êtres vivants sur une zone géographique précise.

QU'EST CE QUE L'ENTOMOLOGIE ?

C'est la branche de la zoologie qui étudie les insectes. Un entomologiste est un scientifique qui étudie la systématique et le comportement des insectes.

LES SCARABÉES BOUSIERS

Coléoptères coprophages, c'est-à-dire qu'ils consomment des matières fécales. Les boules de bouse qu'ils façonnent et qu'ils déplacent en les faisant rouler sur le sol leur servent donc de nourriture.

LE MONARQUE (*DANAUS PLEXIPPUS*)

Lépidoptère de la famille des Nymphalidés que l'on trouve notamment en Amérique centrale, connu pour sa capacité à migrer en groupes immenses sur plus de 4 000 km !

LE MORPHO

Lépidoptère de la famille des Nymphalidés que l'on trouve dans les forêts tropicales d'Amérique centrale et du Sud.

Retrouve
les aventures
de Zoé, Alice
et Clarence
dans les autres
titres de la série
ENQUÊTES
AU MUSÉUM.

Au pays des oiseaux qui ne volent pas

À la recherche du nénuphar géant

Le collectionneur de sirènes

Dans l'œil du cyclope

En piste, Punch !

Éditions Plume de carotte
28, impasse des Bons-Amis, 31200 Toulouse
E-mail : contact@plumedecarotte.com
Site : www.plumedecarotte.com

Textes : Laurence Talairach
Dessins : Titwane
Création graphique de la couverture :
Thibault Chignaguet et Titwane
Mise en page : Catherine Racine (Plume de carotte)
Correction : Claire Debout

Un grand merci à la Conférence permanente des muséums de France, ainsi qu'à Francis Duranthon, directeur du Muséum d'histoire naturelle de Toulouse

Dépôt légal : mai 2017
ISBN : 978-2-36672-120-1
ISSN : en cours

Imprimé par Laballery, à Clamecy (58), France, avril 2017.
Numéro d'impression : 703092

Depuis 2008, Plume de carotte est engagée dans une démarche de qualité environnementale, sur son activité de conception et de réalisation de livres.

Ainsi, tous nos livres sont conçus et fabriqués :

- avec des papiers plus respectueux de l'environnement,
- avec des encres à base d'huile végétale,
- chez des imprimeurs situés à moins de 1 000 km de nos locaux et de ceux de notre distributeur.

Pour en savoir plus : **www.plumedecarotte.com**, rubrique « Qui sommes-nous ? »